Ne ekzistas verdaj steloj

Ne ekzistas verdaj steloj

(60 mikronoveloj kun suplemento)

de

Liven Dek

ଘେ ରଃ

Mondial

Mondial
Novjorko

Ne ekzistas verdaj steloj
de Liven Dek

(60 mikronoveloj kun suplemento)

Kun antaŭparolo de Giulio Cappa

La kovrilo montras foton de Svena Dun.
Grafikaĵoj en la interno: María Zocato

ISBN 978-1-59569-235-1
Library of Congress Control Number: 2012932358

www.librejo.com

Antaŭparolo

౮つ CG

Vi facilanime asertas, ke la elekto mallonge verki, koncize pensi, rapide agi originas de hasta epoko, en kiu oni ne plu disponas tempon por atenti aferojn. Male, ju pli paĝdikas libro, des pli flue devis kuri skribilo sur papero, fingroj sur klavaro. Ne supraĵe supozu, ke ajnan el tiuj ĉi mikronoveloj la aŭtoro produktis per bagatela duminuta strebo. Iujn li stufis dek aŭ dudek jarojn, por aliaj preskaŭ necesis lia tuta vivodaŭro. De kelkaj, jam klaraj en sia menso, li ellaboris aŭ atendis dum monatoj kontentigan formon.

Jen via tempo, la tempo de leganto. Tiu hipnota veziko, en kiu vi luliĝas kiam vi legas plurcentpaĝan romanon, ne ĉiam kondukas vin al pli viveca sento de la mondo. Eĉ de la plej valoraj legmaratonoj foje restas al vi nur citaĵo, kies subite fulman verecon la romanisto konstruis per paĝdekoj kaj paĝdekoj da preparaj aludoj kaj sugestoj. Kaj nun, nuda inter siaj citiloj, ĝi aspektas, konfesu, senĉarme.

Mallongecon ĉiam oportune valorigis la poetoj. Epokoj, kiam eposo regnis, postlasis ankaŭ epigramojn. Tiam nek la interreto, nek porteblaj telefonoj, nek 140-bajta mesaĝado provizis verkistojn kaj legantojn per ekskuzo pri nesufiĉa koncentriĝemo.

Venis prozpoemoj, fine naskiĝis mikronoveloj. Liven Dek citas, omaĝas, parodias iujn majstrojn de la ĝenro – Fénéon, Borges, Monterroso. Sed la mikronoveloj kiujn vi trovos en la sekvaj paĝoj ne estas stilekzerco en la sulko de tradicio. Sentu ilin kiel fendetojn tra la sekreto de homo: lumo lukumo parfumo kareso melodio elvenas renkonti vian propran sekreton.

Giulio Cappa

Cirklo

৪ও (রে

Konfuzita kaj senhelpa ĵusnaskito, vi ploras en la teneraj brakoj de via patrino. Nur eta paŭzo, kaj jen... vi denove ploras kiam viaj brakoj —ĉu same teneraj?—lule brakumas ŝian agonion.

Ne ekzistas verdaj steloj[1]

ഇരു

Li deliris:

—Mi ne timas la morton, ĉar mi daŭre vidos vin.

Ŝi ploris, kaj, per sia mano, ame karesis lian frunton.

—Mi fariĝos stelo—li plu deliris.

—Stelo—ŝi ripetis.

—Mi fariĝos stelo—li insistis,—por vaĉe gardi vian dormon ĉiunokte.

—Stelo...—denove ŝi ripetis konfuzita.

—Kaj mi povos vidi vin, kiam vi aperos ĉe la fenestro.

"Stelo. Kiel mi povus rekoni vin inter tiom da steloj?" ŝi pensis, kaj, kvazaŭ li estus aŭdinta ŝiajn pensojn, li flustris:

—Duopa stelo[2].

—Duopa stelo...—ŝi ripetis nekonscie.

—Jes. Verda—li aldonis antaŭ ol morti.

Ĉiunokte, kun senfina pacienco, ŝi esplore rigardas la ĉielon, kvankam jam de longe ŝi lernis ke ne ekzistas verdaj steloj. Kaj ĉiunokte, senescepte, en la ĝardeno, sub la sovaĝa rozujo, eta kato nigra atendas en silento ŝian aperon, fikse rigardante al la fenestro per larĝe malfermitaj okuloj, vive smeraldaj.

[1] *estas la titolo de prelego prezentita de la astronomo David Galadi, kunaŭtoro de la verko "La kosmo kaj ni", okaze de la 59a Hispana Kongreso de Esperanto.*

[2] la plej multe el la steloj, observeblaj de ĉe nia fenestro, estas duopaj steloj, eĉ se ni vidas ilin kiel ununura brilanta objekto.

Senespero

∞⃝

Ili tostas, englutas unutire la likvoron, kaj arde fordonas sin unu al la alia per lasta brakumo el kataklisma sento.

Tiel, haŭto kontraŭ haŭto, la paro efemere intuas[1] oazon de feliĉo por ilia senespera amo, dum avancas en iliaj vejnoj, pelata de ĉiu korbato, la ĵus trinkita veneno.

---

[1] **Intui**: intuicii (PIV).

Ana

La tempo ne mizerikordis tiun nokton, kaj tagiĝis.

Kun hasto de malfidela edzino, ŝi forlasis miajn brakojn, postlasante en mia lito la varman spuron de ŝia korpo, kaj sur la breto de la tualetejo, apud mia razilo, bastoneton el lipruĝo.

De longe fridas jam la lito, sed en la noktoj mi ŝminkas miajn ardajn lipojn per ŝia forgesita lipruĝo, por sonĝi, febre sonĝi ŝiajn kisojn, ĝis la tagiĝo.

Malfrue

⚮

Malfrue li komprenis ke ŝi estas nur maro da mal-
ĝojo, sekve li dronis.

Atendo

༚ ༝

Multajn horojn poste, kiam ĉiuj jam foriris, ŝi ankoraŭ atendis ĉe la pordo de la preĝejo, meze de la vespera krepusko, absolute sola en sia blanka edziniĝa robo.

Amo

ಕಾ

"Mi amas vin", li konfesis, kaj lian gorĝon mi tranĉis kun kolero de ofendita masklo.

Pirata

ଽଠ ଓଷ

Fascinas min ŝia huligana belo. Kiel fermita kofro kuŝanta en la kelo de ankrita ŝipo, mi atendas jam de jaroj ke ŝi prirabu min. Sed ŝi preferas persekuti, ŝturmi kaj forrabi proprietojn kaj havaĵojn de imponaj suroceanaj ŝipoj. Ne vane, kiam ŝi aĝis apenaŭ 8 jarojn, ŝi diris: "Mi estos pirato", kaj ŝi eltiris el si unu okulon.

Infano kaj fiŝo

ඊටඉ

Sur muro de la koridoro pendis granda ceramika fiŝo. Ĝia korpo, konstruita el pluraj pecoj, estis tiel aranĝita ke la fiŝo naĝis tuj kiam aerblovo riveris.

Ĉiutage, la infano rigardis ĝin, longe, kelkfoje dum horoj, kun larĝe malfermitaj okuloj fiksitaj sur la brilaj skvamoj, la rigidaj naĝiloj, la vosto, kaj tiu granda okulo kiu silente spionis la movojn de la tuta familio.

Jaron post jaro la infano kreskis obsedita de la ceramika fiŝo. "Ĝi malgajas" li diris al sia patrino. Sed, anstataŭ respondi, la patrino ridetis aŭ karesis la kapon de sia kortuŝita filo.

Tagon, la infano prenis decidon. Li dekroĉis la fiŝon kaj portis ĝin al la haveno. Tie, kun facila koro, la infano ĵetis la fiŝon en la maron, ke ĝi libere naĝu.

Larĝa, tre larĝa rideto gajigis la vizaĝon de la infano, kiam, liberigita, la fiŝo rapide serĉis la profundon.

Mi havis biciklon

ℰℭ

Mi havis biciklon, sed mi ne memoras ĝin. Eble mi aĝis ses aŭ sep jarojn, estis tempo de severaj mankoj, kaj biciklo devis doni al mi apartan prestiĝon en la okuloj de la ceteraj infanoj. Sed mi ne memoras ĝin. Kiukolora ĝi estis? Kiaj estis la stirilo, la selo, la reflektoro? Ĉu ĝi havis postlumon? Kaj kotŝirmilon? Nu, mi ne havas la respondojn. Ĉi aferoj, verŝajne gravaj por mi en tiu tempo, mutas jam perditaj por ĉiam en la labirintoj de mia subkonscio, kaj nur eta epizodo, bobelo febla nun en mia memoro, gardas la solan spuron kiu restas pri tiu biciklo.

Iam, eble estis somera vespero, mia patro malmuntis la du stabiligajn radojn de la biciklo. Nu, vere ne la radojn mi memoras, sed la fakton ke li demetis ilin, kaj mi, per titana strebo, supreniris la deklivon de la kvartala placo—ĉu mi pedalis?—por triumfe descendi poste laŭ la kontraŭa flanko. Nenion alian mi memoras krom la aero sur mian vizaĝon, kaj unika sento: la fragila sento de malgranda animo, kiu tanĝas la ĉielon.

Jes, mi havis biciklon. Kaj mi certas pri tio, ĉar el la profundo de mia memoro ankoraŭ venas al mi, de tempo al tempo, la freŝa blovo de tiu momento da infana feliĉo.

La malsama infano

෧ වෙ

Ĉiam li sopiris esti ordinara infano, simila al la ceteraj samaĝaj infanoj. Li vestis sin kiel ili, imitis iliajn gestojn kaj irmanieron, uzis ilian palan leksikon, iliajn fivortojn. Nokte, li preĝis kun la espero ke Dio elaŭdu lin kaj forigu lian insidan diferencon. Sed Dio surdis al lia deziro kaj li devis vivi sub la pezo de sia malsama naturo.

Ĉi-matene li aliĝis al grupo da petolemaj kunlernantoj por sturmi persikejon. Sed, kiam li volis imiti siajn kamaradojn, kiuj gaje manĝis la ŝtelitajn persikojn kaj gardis la kernojn por semado, li rimarkis kun malĝojo ke, anstataŭ kernojn, liaj persikoj entenas diamantojn.

Facilaj taskoj

଼ଠ ଔଃ

Sparke brilas la okuloj de la infano kiam la viro parade montras al li monbileton. La tasko tiel facilas ke la bubo senhezite kapjesas, etendas la manojn kaj kaptas la pakon. Liaj nudaj piedoj lerte vojas en la vivoplena bazaro, kaj neniu atentas lian magran figuron kiam la pako ricevas lokon meze de aliaj mimetismaj pakoj.

Iom poste, englutita de la homsvarmo, la infano hopos for kun sia bileto, la viro fariĝos hasta ombro, kaj la pako ŝiros la tagmezon.

Mi fartas bone

ℭ ☯ Ↄ

Li strikte ĉirkaŭkovras la kapon de la bebo per plasta sako, kaj atendas... ne longe.

Liaj okuloj rigardas senemocie kiel la bebo lasas fali sian pluŝ-urseton, angore svingas siajn brakojn kaj konvulsie stamfas.

Fine, kiam la eta korpo inertas, li zorge demetas la plastan sakon, prenas la pluŝ-urseton el la lulilo, kaj forlasas la silentan duonombron de la ĉambro.

Korŝiraj krioj, teruraj veoj kaj lamentoj vekas lin.

Konfuzita, li ellitiĝas kaj, nuda, paŝas al la pordo.

En la streta koridoro, virino, freneza de doloro, iras kaj revenas kiel sovaĝa besto en kaĝo, veante, kriante:

— Mia filo! Mia filo! Ve! Mia filo estas morta!

Ankoraŭ duondorme, preskaŭ senvoĉe, li protestas:

— Sed..., panjo, mi fartas bone...

Murmuro en ŝtormo.

Sur la koridoro, surdas kaj blindas la sufero, dum li, sojle de sia obskura ĉambro, brakumas ankoraŭ pli forte sian novan pluŝ-urseton.

Pasero

৪১ ७ঃ

Eta pasero vizitas ĉiutage la minimuman korton de miaj najbaroj, kaj mi ne povas eviti pensi pri ilia filo.

Li estis speciala infano, kiu neniam parolis, neniam ridetis. Lia patrino sidigis lin sur eta seĝo en la apenaŭa korto de sia mizera dometo, kaj tie la infano travivis siajn tagojn.

Iam mi donis al lia patrino, por li, desegnokajeron kaj kolorkrajonojn. Longe la donaceto kuŝis sur la korto, apud la senmova infano, sed iun tagon mi rimarkis ke li desegnas ion. Malnova binoklo helpis min satigi mian scivolon: iom post iom, sur blanka paperfolio, aperis la konturoj de pasero.

Daŭre, tagon post tago, mi kontemplis plene ravita, kiel li prilaboris sian desegnon aldonante al ĝi ĉiam pli kaj pli da detaloj.

Iun matenon, neniu scias kial, la koro de la infano ne plu volis bati. Bruna kolorkrajono forruliĝis de lia maneto, kaj lia kapo falis sur la desegnokajeron, el kiu, subite, forflugis pasero.

Mineplu'

୧୦୦୬

En la lernejo, en la kvartalo, eĉ en lia hejmo, ĉiuj nomis lin Mineplu'. Kaj, fakte, nun mi ne scias, aŭ almenaŭ ne memoras, lian veran nomon.

Mineplu' estis bona lernanto, vere ŝatata partnero kiam temis pri teamaj ludoj. Tamen, kvankam unuavide li aspektis kiel tute normala knabo, rimarkinda trajto faris lin aparta: de tempo al tempo, ŝajne sen motivo, Mineplu' anoncis ke li ne plu faros ion.

Li diris, ekzemple: "Mi ne plu rigardos tra ĉi fenestro", aŭ "Mi ne plu manĝos bombonojn", aŭ "Mi ne plu diros la vorton «estas»"... Kaj dirite, farite—de tiu momento, ĉiuj agoj kaj objektoj anatemitaj ŝajnis draste malaperi el lia mondo.

Preskaŭ ĉiutage, Mineplu' surprizis nin per nova rifuzo: "Mi ne plu portos gantojn", kaj liaj nudaj manoj stoike alfrontis la vintran rigoron. "Mi ne plu adicios tri plus kvar", kaj, tute senĝene, li konstante preteratentis ĉi matematikan operacion.

Jaron post jaro, Mineplu' akumulis centojn da rezignoj kreante al si distorditan kaj limigitan mondon. Tamen, ju pli minimuma kaj komplika fariĝis lia sfero de aktiveco, des pli brava rigardis lin niaj infanaj okuloj.

Pasintan septembron ni aŭdis lian voĉon je la lasta fojo: "Mi ne plu parolos", li diris, kaj li fariĝis muta por ĉiam.

Vane klopodis liaj gepatroj, liaj amikoj, la instruisto kaj armeo da psikologoj kaj kortuŝitaj kuracistoj. Neniu, neniu povis eltiri el li eĉ plej etan sonon.

Fine, en novembro, li skribis sur la nigra tabulo: "Mi ne plu spiros". Kaj ni ĉiuj rigardis unu la alian sen scii kion fari, meze de komplica silento, dum iom post iom iĝis blua la pala haŭto de Mineplu'.

Tiel, absolute senmovaj, perpleksaj, fascinitaj, ni vidis lin estingiĝi.

Feliĉe, eĉ ne unu vorton, eĉ ne unu ĝemon li eligis. La malo estus kaŭzinta al niaj infanaj mensoj grandan desaponton.

Joĉjo

Ĉi-matene mi ne ellitiĝos. Mi sentas min kvazaŭ giganta rulpremilo estus draste prilaborinta mian korpon dum la tuta nokto. Doloras min eĉ la apendico, kiun fakte mi ne havas jam de antaŭ longe. Kaj tamen, malgraŭ ĉi matena torturo, mi feliĉas. Hieraŭ posttagmeze mi ricevis la viziton de Joĉjo. Mi tre ŝatas ke oni vizitu min, sed la vizitoj de Joĉjo estas miaj preferataj. La tutan tempon ni bubaĉis en la kvartalo. Ni mimis moke al la preterpasantoj, kuris kaj kriis kiel frenezuloj, sonorigis ĉe ĉiu pordo de la granda strato, pafis per katapulto al la florpotoj kaj stamfis sur ĉiuj flakoj de la vojo. Estis superbe.

Ĉe la horo de la vespermanĝo, Joĉjo foriris, kaj mi, elĉerpita, ŝvitoplena kaj plene trempita en koto de la kapo ĝis la piedoj, revenis al la maljunulejo. Vi ne povas eĉ imagi kiel skoldis min la direktoro! Kian predikon pri moroj mi ricevis! Komuna saĝo? Kio estas ja komuna saĝo? Ba! Mi fajfas pri ĝi kaj pri ĉiuj stultaj skoldoj pri bona konduto. Ili tuŝas min kiel akvo anseron. La direktoro ne povas malpermesi ke Joĉjo vizitos min. Fi! Oni ne povas malpermesi ke kompatinda okdekjara oldulino ricevu la viziton de sia kara nepo.

Laŭreano

୧୦୦୪

Ĉiutage li alvenas, sidiĝas apud mi ĉe la bufedo de la kafejo, kaj mendas senkafeinan laktokafon kun sakarino.

"Saluton, samideano!" li holaŭas[1] min por havi la ŝancon denove rakonti al mi la samajn anekdotojn pri siaj junulaj travivaĵoj en la intercivitana milito.

Foje mi ŝajnigas aŭskulti lin, dum fakte mi dronas en miaj propraj pensoj aŭ plenumas la krucvortan enigmon de la ĵurnalo, foje mi duonaŭskultas, gestas aprobe kaj afable ridetas dum mi trinkas mian kafon. Tamen ĉiun tagon, ĉiun, senescepte, kiam li adiaŭas min kaj forlasas la kafejon, mi rigardas lian kurbiĝintan figuron, liajn ŝancelantajn naŭdek jarojn kontraŭlume paŝantajn al la pordo, kaj mia koro, ĉi perfida koro mia, mise ritmas por momento ĉe la penso ke eble morgaŭ li ne plu venos.

---

[1] **holaŭ**: hola.

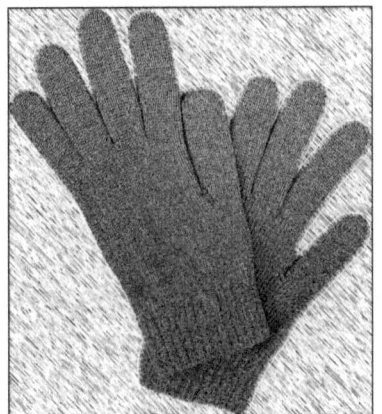

La domo

୫୦ ଔଓ

Nirvana silento.

Posttagmezo.

En la supra etaĝo, akvo, incenso, floroj, fumo, lumo kaj aromoj, rizo... antaŭ hejm-altaro dediĉita al Budho, ŝi meditas.

Silento.

En la kelo, ĉe sia skribotablo, ritme rime li elsorĉas poemojn.

Silento.

Ekstere, en la ŝirma ombro de akacio, nekredemaj katoj somnole rigardas la du figurojn el akvo pura, kiuj elaste fluas tra la tegmento, supren, interŝanĝante siajn korpojn, guton post guto, leviĝante, kvazaŭ du interplektiĝantaj miraĝoj, en la brulanta bluo de la posttagmezo.

Nirvana silento.

Tiaj poetoj

🙰

Mussolini eĉ verkis poemojn[1]

Ŝi enamiĝis al li, la admirata poeto, dum fone flirtis *Sherezada* de Rimski Korsakov, kaj, nur kelkajn monatojn poste, sub la gloraj akordoj de la *Missa Solemnis* de Beethoven, ili geedziĝis.

Tagon post tago, la komuna vivo de la paro riĉiĝis, same kiel la kariero de la verkisto, nutrante sin per la inspira forto de la plej ravaj operoj, simfonioj kaj konĉertoj.

"Lia koro de poeto adoras la muzikon" ŝi fieris, kaj, fakte, liaj buntaj noveloj, same kiel liaj noblaj kaj emociaj poemoj, malavare regalis la leganton per subtilaj nuancoj de melodiaj nostalgioj.

Kiom facilis fari donacon al li! Por plene kontentigi lian spiriton de artisto sufiĉis beletraĵo: novelaro de Steele, poemaro de Nervi, aŭ k-disko de klasika muziko: *La magia fluto* de Mozart, la *Fantasta Simfonio* de Berlioz...

Lia edzino, aparte originala, foje pensis ke ankaŭ aminda kanario, "kiu kantas kiel anĝelo", estis oportuna donaco por li. Sed sunan matenon de aŭgusto, en kiu la *Unua Konĉerto por piano kaj orkestro* de Chopin spronis la poeton spici per superbo siajn versojn, la viro subite forlasis la skribilon, hastis en la salonon, kaj, preninte la kanarion el la kaĝo, fatale tordis ĝian kolon.

Kiam la konsternitaj okuloj de la edzino senvorte lin akuzis, li pepis argumentante, ke la sabotema flavbekulo provoke mistrilis.

[1] verso el la kanto "Mia patro jen ulo normala" (Le strade de ieri) aperinta en la kasedo "Baf" de Ĝianfranko Molle (Edistudio, 1985).

Natura sekvo

⸮ CB

Lia edzino klare avertis lin ke la alkoholo fosos lian tombon. Sed li surdis al ŝiaj vortoj. Liaj familianoj insiste lin konsilis ne plu koketi kun brando, ĝino kaj K-io, ĉar tiuj demonoj ruinigos lian sanon. Sed li ignoris iliajn predikojn same kiel li fajfis pri la patrecaj admonoj de la kuracisto, aŭ la severaj skoldoj de la policanoj, kiuj multfoje trovis lin ebria sur trotuaro.

Eĉ la plej fuŝa aŭguristino povintus facile diveni ke la alkoholo faros lin kliento de Karono. Kio fakte okazis.

Nu, kiel natura sekvo de lia malmodera drinkado, li mortis kiam, ebria kiel lordo, li zigzagis hejmen en la nokta mallumo kaj... fatale frapis lin aŭto.

Naturaj sekvoj foje kapricas. Aŭ eble ne, se oni konsideras ke la aŭton stiris lia edzino.

La virino kiu legis psikologiajn librojn

୧୦୦୪

Psikologiaj libroj ŝin absorbis. En parkoj, en kafejoj, en metroaj vagonoj, mi vidis dum jaroj tiun enigman virinon fosi kun avido en la paragrafoj de plej diversaj psikologiaj libroj.

Kun profunda scivolo, mi rigardis ŝin transturni paĝojn. De tempo al tempo, ŝi balancis la kapon aprobe, kuntiris la brovojn kaj eltiris notkajeron el sia mansako por diligente skribi en ĝi kelkajn liniojn.

Komence, mi suspektis ŝin universitata lernantino; tamen, konsiderante ke ŝi ne plu junas, fine mi inklinis supozi ke ŝi estas psikologino, kiu daŭre, kun admirinda profesieco, klopodas ĝisdatigi siajn konojn.

Ne hazarde, iun tagon, mi eksciis la veron: la psikologiaj libroj estis nuraj orakoloj, sur kies paĝoj tiu virino serĉadis la respondon al unu sola demando: kial la edzo ŝin forlasis.

Gantoj el lano

⅋⃝ଔ

—Mi trikis ilin por vi—ŝi flustris dum pezaj larmoj banis la doloron de ŝia vizaĝo, plena de kontuzoj.

—Vi tre bezonas ilin—ŝi aldonis. Kaj deŝovinte malplenan botelon de konjako, por ke la grandaj manoj de la edzo havu sufiĉan lokon sur la tablo de la kuirejo, ŝi surmetis al ili kun aparta zorgo la du gantojn el lano.

Poste, malgraŭ la suferado kaŭzita de la rompitaj ripoj, ŝi kovris sin per surtuto, prenis la valizon kaj, forlasinte la fridon de la hejmo, ŝi malaperis en la nokta malvarmo de la strato.

Sur la lito de la dormoĉambro, la polico trovos la korpon de la viro; sur la tablo de la kuirejo, liajn manojn; kaj en la formetejo, ene de malnova kofro, amason da nefinitaj gantoj el lano.

La valizo

෴

Jam de longe la tuta urbo scivolis pri la enhavo de tiu mistera valizo, sed nur hodiaŭ oni povis perforti ĝian sekreton.

Ĉiujn ŝlosilojn necesajn, unue por malfermi ĝin kaj poste por ĝin kompreni, oni trovis en la poŝoj de la obskura vagabondo, kiu, aperinte kun ĝi en nia urbo antaŭ pli ol dudek jaroj, portis ĝin tage kaj nokte, kvazaŭ ĝi estus esenca parto de lia korpo.

Ĉi-matene la polico trovis lin morta sur benko de publika ĝardeno. En liaj poŝoj estis la ŝlosilo de la valizo, kelkaj moneroj kaj eksvalida identokarto, kiu ebligis ekkoni ne nur lian veran nomon, sed ankaŭ ke li estis atom-inĝeniero. Krome, ene de plasta sak-eto kuŝis ĵurnaleltondaĵo apud foto pri juna virino kun du infanoj.

Ĝuste sep mil tricent kvardek ses fotokopioj de tiu foto estis la sola enhavo de la valizo, kaj kelkaj pensis ke la kompatinda homo estas simpla frenezulo. Tamen, en la duonruina ĵurnal-eltondaĵo de antaŭ pli ol dudek jaroj, pli precize, de antaŭ sep mil tricent kvardek sep tagoj, iu trovis la respondon: "Nur la stiranto de la aŭto postvivis".

Genererkapablo

ଽଠ ଔ

Adolf Krause, tre populara komercisto, vivis en Berlino en la 18a jarcento. Li edziĝis al diversaj virinoj de kiuj li ricevis 42 gefilojn. Atentinda nombro se konsideri ke Krause edziĝis por la unua fojo kiam li aĝis 25 jarojn.

Laŭ konservitaj dokumentoj, lia unua edzino naskis al li 6 gefilojn, kaj, je ŝia forpaso, Krause tuj serĉis novan partnerinon, kiu dekfoje patrigis lin. Longe vivis ja ĉi fama komercisto, kiu havis sian lastan filon apenaŭ kelkajn monatojn antaŭ sia morto, kiam li aĝis 85 jarojn.

En septembro de 2010, skipo de sciencistoj de la Berlina Universitato, interesataj pri la eksterordinara figuro de Krause, decidis entrepreni diversajn studojn kaj esplorojn rilate al lia mirinda generkapablo. Tiel, post la aplikado de plej modernaj teknikoj, oni alvenis al la konkludo, ke Adolf Krause suferis azoospermion, kio, alivorte dirite, signifas ke li estis denaske sterila.

Turnopunkto

୫୬୦୧

Neniu ĉeestis mian funebran ceremonion. Neniu staris ĉe mia tombo por eldiri preĝon aŭ verŝi larmon dum mia enterigo, en tiu trista griza posttagmezo. Estis evidente ke mia konduto dum la lastaj jaroj absolute ruinigis ajnan korinklinon aŭ simpation al mi, al la malhonestulo, la fripono, la obskura fraŭdanto, kiu kaŭzis la perdon de milionoj da eŭroj. Kaj tiu kortuŝa cirkonstanco tiel senpezigis mian koron ke, kun danko al Dio, mi forflugis tuj ale al la paradizo... tahitia.

Pomo, pomo[1]

୧୦ ୯୬

Senzorga mateno, en la dia farmo Edeno, homo manĝis pomon. Fia aŭ dia, laŭ gusto onia, sendube estis la frukto, ĉar de tiu trista tago, ho, fatalo!, misdigestas la homaro.

[1] Esperanto-kanto por infano: Pomo, pomo, / bela nomo, / dolĉa frukto, vi. / Se mi estus reĝo, / mi sidus sur seĝo, / Kaj manĝus pomojn tri. *(Verkis: Valerij Vorobjov)*

Dioj

ᔥ∞ᔥ

Ĉiuj universoj eterne memoras tiun superban kunsidon de dioj. Ĝi estis la plej granda kunveno iam okazinta. Eĉ ne unu dio mankis. Ĉeestis de la plej prestiĝaj ĝis la plej sensignifaj plejpotenculoj. Ja la ĉefa punkto de la tagordo celis racie disdividi inter ĉiuj ĉi eminentaj moŝtuloj la diversajn rasojn de la ekzistantaj universoj.

Unue, kompreneble, rajtis elekti la kremo de la dioj, poste sekvis duarangaj elitoj kaj aliaj minoraj ĉiopovuloj. Kaj fine, post longa vico da obskuraj dietoj, eĉ flavbekuloj kaj aspirantoj al dieco povis laŭplaĉe elekti.

Kurioze, nur unu el ĉiuj ekzistantaj rasoj restis sendia, orfa, neelektita. Tial, manke de dio, tiu kompatinda raso, la tiel nomata homa raso, devis ĝin elpensi.

Rompo de leĝo

৪০ ଓଃ

Mi solis antaŭ ĝi, la senkompata Spirito de la Malbono, tute senhelpe, konsternite, paralizite de timo dum ĝi rigardis min provoke, fie, malice, ĉar hazarde mi ĵus surprizis ĝin ĉe la freŝa faro, kiam ĝi ludis fari bonon.

Cindrulino

ଚ୬ଠ୯

Kiam Cindrulino alvenis hejmen post la festa balo en la Reĝa Palaco, ŝi ankoraŭ konservis siajn du ŝuojn.

Fakte, en tiu paralela mondo, la fabelo venis al feliĉa kulmino danke al pedanta lakeo, kiu rimarkis longan haron sur la senmakula bluo de la princa jako.

La ceteron solvis, kompreneble, genetika testo.

Godabuk

෪෬

Konstruita sur senlima ambicio, elforĝita per mil sangaj bataloj, tiu imperio estis timinda koloso, antaŭ kiu ĉiuj nacioj de la tero klinis la nukon. Tiel vasta kaj potenca ĝi estis, ke la homoj rigardis ĝin eterna. Neniu memoris, kiam aŭ kiel ĝi ekformiĝis. Sed ĝiaj radikoj profundis ĝis tempo, el kiu postvivis apenaŭ kelke da mitoj, fragmentoj el forgesitaj epopeoj, kaj *Godabuk*, la Libro de la profetoj.

Kofro, riĉe ornamita per oro kaj noblaj gemoj, konservis tiun sanktan libron, juvelon de la Imperio, kiun taĉmento da elitaj soldatoj gardis, tage kaj nokte, en la majesta Templo de la Difavoro. Laŭ onidiroj kaj malnovaj legendoj, *Godabuk* estis speco de orakolo konsultebla nur en kazo de ekstrema neceso, sub la premo de vera minaco por la pluvivado de la Regno. Sed jam de longe neniu lando sur la tero pridubis la hegemonion de tiu imperio, kies potenca glavo senkompate diktis la leĝon.

Dum multaj, multaj generacioj, *Godabuk* silente kuŝis en la fundo de sia kofro. Kaj iom post iom akiris adeptojn la ideo, ke ĝi ne estas reala. Jen do, ĉu por silentigi la sinistrajn voĉojn de la skeptikuloj, ĉu pro nura orgojlo, la Imperiestro ordonis aranĝi imponan ceremonion, kiu elmontru al la mondo la Sanktan Libron.

Venis la difinita tago, kaj, sur la esplanado de la Templo, la Granda Pastro malfermis la kofron antaŭ la spektanta popolo. *Godabuk* ripozis en sia kuŝejo, kaj, tamen, konfuzo kaj timo aperis en la mieno de la pastro, kiu, turnante sin al la Imperiestro, klopodis konvinki lin, ke, en la okuloj de Dio, la plenumo de tiu ceremonio sendube estas abomeninda profanado.

Surda al liaj avertoj, la monarko sin ĵetis al la kofro. Onidire, en liaj sakrilegiaj manoj, *Godabuk* turniĝis en polvon. Kaj apenaŭ kelkajn monatojn poste, meze de intrigoj, ribeloj kaj konspiroj, la suvereno estis murdita kaj la Imperio disfalis.

Tiranio

Venis mil senpluvaj jaroj, kaj la sankta grundo de la lando soife agoniis. Tamen, meze de la iama paradizo, nuna maledeno sena je fruktoj, daŭre kreskis unika rozo, vigla kaj freŝa, kun petaloj delikataj, ŝtalaj dornoj kaj radikoj tiel profundaj kaj avidaj, ke eĉ la okuloj de niaj homoj ne plu havis larmojn.

Pafoj

ഇ᠕ Cঃ

La Ministro pri Enlandaj Aferoj ĵus elmontris sian kontenton al la Nacia Parlamento ĉar, laŭ lia aplomba raporto "neniu damaĝo okazis ĉe la lasta tumulta manifestacio de la sindikatoj, malgraŭ tio ke la polico devis plurfoje pafi en la aeron, por dispeli la agitantojn".

Sufiĉas aŭskulti deklaron de ministro, por kompreni kiom malmulte gravas kompatinda pasero.

Lasta volo

୬୦ᘓ

Mi, kiel juĝisto, plenumis la lastan volon de la kondamnito kaj laŭte legis lian koncizan testamenton sub la spasma ombro de lia pendigita korpo: "Nun, trovu la veran kulpulon".

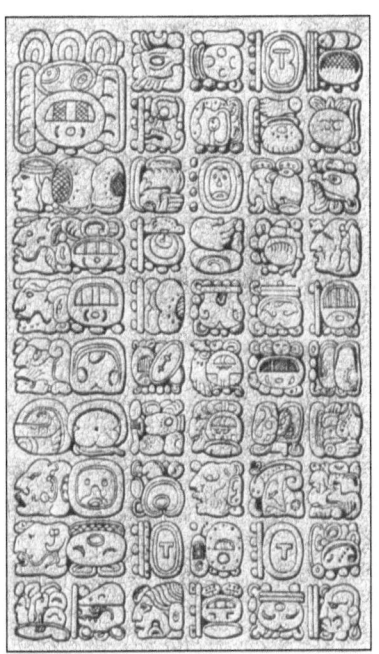

Tezeo

ᘓᘡ

Alveninte en la centron de la Labirinto, Tezeo konfuziĝis. Ne akceptis lin obskura ĉambro, kiel li supozis, sed la lumo de ĝardeno etendiĝanta ĝis neebla horizonto, kaj geknaboj, aro da senzorge petolaj geknaboj.

— Minotaŭro? — ekkriis la heroo. Kaj, kvazaŭ responde, la geknaboj ĉesis ludi formante homan baron, trans kiu grade konturiĝis la figuro de la monstro.

— Mia glavo avidas vian koron — diris Tezeo, kaj la rondo el junaj korpoj densiĝis.

"Kiom da labirintoj ankoraŭ...?" pensis la Atena ĉampiono.

— Malfermu al mi vojon — li petis al la geknaboj, aldonante: — Mi kondukos vin hejmen.

Silentis la ĝardeno, kaj mutis Minotaŭro, dum voĉo, preskaŭ infana, cementis la nudan muron el fragilaj karnoj:

— Neniam. Neniam ni revenos al la homoj, kiuj foroferis nin!

Kiam, gvidata de la Ariadna fadeno, Tezeo atingis sola la eksteron de la Labirinto, lia glavo sangis.

La ŝtuparo el sablo

∮∞∫

—Mi komprenas—diris Nebukadnecaro dum li esplore rigardis la desegnon ĵus faritan de la anĝelo.
—Ĉiu kreitaĵo staras sur unu el la ŝtupoj de tiu konstruaĵo simila al helika ŝtuparo.

—Helika ŝtuparo? Nu, jen akceptebla bildo—ridetis la anĝelo.

—Ĝi devas esti ja impona ŝtuparo, kvazaŭ zigurato.

—Ho ne, ne tia—respondis la anĝelo kun ioma embaraso.—Tiu ŝtuparo estas multe pli... subtila, el malgrandaj, tre, tre malgrandaj eretoj.

—Kvazaŭ sableroj!—ekkriis la babilona reganto, kiu tuj demandis:

—Sed la homoj? Kaj la anĝeloj? Ĉu ankaŭ ili estas sur...?

—Jes, same kiel ĉiuj kreitaĵoj.

—Kaj Marduko?

—Nu, Dio staras sur la supro, ĝuste en la fino de tiu... ŝtuparo el sablo.

Kien vi iras, Utnoa?

಄ఐ

Sian flosantan mikromondon, naŭdek ulnojn longa kaj dek du larĝa, li forlasis en la kvardeka nokto.

Dum la bestoj moviĝis maltrankvile aŭ longe kaj melankolie blekis en la mallumo, li silente plonĝis en la obskurajn akvojn kaj fornaĝis.

Estis jam la kvardeka nokto, sed la densa pluvo insiste nutris oceanon el dia deliro.

La kalkulanto

୫୬୦୧

Ne for de la vilaĝo kie mi naskiĝis, en aparta montara loko nomata Izartegia, staras izolita domo. Tie, onidire, apud kratero plena de fajna sablo orkolora, loĝas viro kiu kalkulas la stelojn.

La samaj onidiroj asertas ke fakte tiu viro apartenas al gento de stelkalkulantoj, kiuj diligente inventaras la kosmon jam de miloj da jaroj. Eĉ kuras la famo ke ilia registro ne kuŝas sur la paĝoj de iu senfina volumaro, sed en la kratera sablejo, al kiu tagon post tago la kalkulanto aldonas, por ĉiu nove nombrita stelo, unu sableron.

Mi ne plu...

୫୦୦୧

—Mi ne plu...—mi komencis diri, sed subite mi haltis memorante iaman kamaradon de mia lernejo...

Kaj jen, post iom amara rideto, mi kompletigis la frazon:

—Mi ne plu parolos Esperanton!

De tiam, ĉiunokte, en miaj sonĝoj, sturme min turmentas armeo da ĉapelitaj literoj.

Mi mortigis

ଞଠଠଃ

Mi mortigis min por ne kabei.

Kolektantoj

🕸️

Sub la plumba ĉielo de novembra tago, fantome trenas sin la obskura figuro de Andreo Mur, senfortuna kolektanto de suspiroj.

Fonas indiferente la kuraĝaj konturoj de la Guggenheim-Muzeo, dum li, trompita de siaj esperoj, malproksimiĝas lante sur la rivera promenejo, kun poŝkasedilo en la mano.

Kia disreviĝo. Centoj da homoj antaŭ la plej grandaj verkoj de la moderna pentroarto, centoj da renkontoj kun toloj onidire gravedaj je genio kaj talento, kaj, tamen, en la fascinaj spacoj de la vasta pinakoteko mankis suspiroj. Jes. Ŝajnas apenaŭ kredeble, sed la poŝkasedilo de Andreo Mur registris eĉ ne unu suspiron. Eĉ ne unu.

Absolute deprimita, li trairas la promenejon lante, refoje aŭskultante la sonbendon, kiu insiste redonas nur senkuraĝigan serion de aĥoj, bafoj kaj fuoj de retenataj ridoj, kiam, subite, io eksterordinara kaptas lian atenton: sur la parapeto de la Blanka Ponto, viro, ligita per ŝnuro al tre peza balasto, pretas ĵeti sin en la fridon de la riveraj akvoj.

Andreo, kompreneble, reagas tuj kurante al la suicidonto kun sia sonregistrilo en la mano, kaj la firma decido akiri superban ekzempleron de suspiro.

Sur la ponta balustrado, Mario Salikar, senespera esperantisto decidinta fordoni sian vivon al la malpura akvofluo, rimarkas mirigita la kuriozan viron kiu, neatendite, sturmas lin armita per poŝkasedilo.

—Ĉu... ĉu intervjuo?—anksie li demandas.

—Nnn... ne—respondas Andreo kun evidenta embaraso.

—Ĉu vi ne estas ĵurnalisto?

—Ho, ne.

—Sed la lingvoproblemo...

—Kiu problemo?

—Es... Es... Esperanto...—balbutas Mario almontrante kun konsterno al la balasto, kompakte aranĝita stako da plenaj kaj ilustritaj vortaroj.

Andreo retropaŝas, faras gravan mienon kaj klarigas kun emfazo:

—Nu, sinjoro, mi estas Andreo Mur, kolektanto de suspiroj.

Sur la balustrado, Mario hieratike gapas dum kelkaj sekundoj, kaj, fine, eksplodas per sonora ridego.

En plena ŝoko, Andreo rigardas sian poŝkasedilon kaj, preskaŭ nekonscie, komencas spasme ridi. Fakte, eĉ la tuta strukturo de la ponto kunridas, vibrante tiel intense ke la kompatinda Mario subite perdas la ekvilibron kaj falas de la balustrado... feliĉe, sur la duran plankon.

Rompita kruro signas la favoran turnopunkton. Dumonata konvalesko sufiĉas, ne nur por reordigi la oston, sed ankaŭ por rektmetoda kurseto de la zamenhofa lingvo, kiu, sendube, kontribuas cementi solidan amikecon inter la du viroj.

De tiam ne necesas esti aparte observema por rimarki ĉi kuriozan paron en ĉiu esperanta aranĝo. En la plej modesta loka renkontiĝo aŭ en tumulta Universala Kongreso, Mario paradas elmontrante kun fiero sian novan adepton, dum Andreo, entuziasmigita, pli kaj pli kreskigas sian originalan kolekton de suspiroj per senegala gamo internacia.

24:01

La dormanta pordo

Subite ie, en subkonscia regiono de la universo, malfermiĝis dormanta pordo, kiu, kun eona malsato, komencis vori mondojn.

Akurate je noktomezo

৪৩৪৩

Estis noktomezo kiam la trajno atingis la stacidomon. En la koridoroj, la silentemaj pasaĝeroj preparis sin por elvagoniĝi dum perturbe sonis la demandoj de infano: "Panjo, kio okazis al la Tero? Kio estas rotacio?"... Ekstere, la kajo reflektis la imponan lumon de senmova zenita suno.

Kvazaŭ miraĝo

୨୦ ୦୧

Meze de la sufoke varma vento, kiu tage kaj nokte trablovis tiun inferan regionon, la ekspedicianoj finfine alvenis antaŭ la magraj ruinoj de pluraj iamaj konstruaĵoj. Tie, kvazaŭ miraĝo, rusta duonfalinta ŝildo ankoraŭ sukcesis anonci per apenaŭ legeblaj literoj: Internacia Polusa Stacio.

Kiam...

૭૦൭

Kiam li vekiĝis, la oceano ne plu estis tie.

Batos novaj horoj...

୫୦ ୦୫

Mi vekiĝas ĉiutage je la oka. Tial la unua afero, kiun miaj okuloj vidas matene, estas la lumciferoj de la vekhorloĝo: 08:00.

Hieraŭ, aŭ eble mi devus diri hodiaŭ, mi enlitiĝis tuj antaŭ la dekdua horo, kiel kutime, sed kiam venis la momento en kiu la horloĝo devus montri la konvencian 00:00, ĝi surprizis min per la neatendita 24:00. Kaj ankoraŭ mi pensis pri ebla difektiĝo de la horloĝo, kiam, unu minuton poste, sur ĝia ekraneto eklumis la sensenca 24:01.

Pasis la minutoj, kaj, dum mi faris al mi dekojn da demandoj, la horloĝo transiris de la 24:59 al la 25:00 horo. Post tio, mi vane klopodis endormiĝi.

Forpasis ses longaj horoj, kiujn la tempomezurilo respektive montris kiel la 26:00, la 27:00, la 29:00... Nu, ĉiuj scias ja ke la ciferaj horloĝoj estas programitaj por indiki nur la numerojn nul, unu kaj du, sur la unua loko. Tial, kiam ĝi alvenis al la 29 horo kaj 59 minutoj, mi senespire atendis ĝis la apero de la neebla 30:00.

Lumis la ciferoj de la ekrano anoncante la 40an, la 50an, la 60an horon..., dum ekstere regis profunde obskura nokto.

La telefono, kiu vane sonadis dum la lastaj horoj, mutas nun. Kaj mi jam preparas min por la momento kiam la horloĝo montros la perturban 99.99.

Karono

෴

... kaj side apud sia pramo, Karono kontemplas kun miro kaj aflikto kiel miloj da milionoj da mortintoj, viktimoj de la klimata ŝanĝiĝo, svarme alvenas en Hadeso tra la seka fluejo de Akerono.

Legendo

৪৩

Ili forlasis la protekton de siaj kavernoj, malsupren-
iris al la valo, kaj dum lunoj, multaj lunoj, marŝis
tra infera pejzaĝo evitante la sovaĝajn bestojn, ĉiam
rekte, en la direkto priskribita de la legendo.

Multajn suferojn kaj mizerojn ili devis travivi ĝis,
fine, ili alvenis ĉe la piedo de kolosa montoĉeno kiu
baris la tutan horizonton.

Sur ĝia supro, kiel asertis la legendo, ruinis la res-
pondo: blinda lumturo, fantome rigardanta al
abismo.

Morgaŭ pluvos

❧

Morgaŭ pluvos. Jes. Finfine, morgaŭ estos la unua pluvtago en la tuta homa historio. Tial mi staras sendorme ĉe la fenestro, imagante miajn ŝuojn malpurigitaj de ruĝa koto.

"Morgaŭ pluvos", mi diras al mi en la silento de la nokto, dum en la nigra sennuba ĉielo daŭre scintilas la frida brilo de Fobo.

Elmigrado

⊱⚬⊰

Side sur ĝardena benko skulptita el giganta diamanto blua, panjo penis klarigi al mi la motivojn de nia tuja forvojaĝo.

Ŝi parolis pri elmigrado, kaj mi ritme balancis miajn nudajn piedetojn, tiel ke ili karese kombis la blankan kolhararon de mia milda kaj fidela unikorno.

Ŝi parolis pri elmigrado, kaj mi daŭre ludis per miaj manetoj etenditaj al la krepuska ĉielo, al la proksima sed neatingebla magio de la ringoj de Saturno.

Vekiĝo

※

La horloĝo sonoras kaj mi vekiĝas, kiel kutime, en alia sonĝo.

Mi sonĝas

ಬಲ

Mi sonĝas ke sonĝas min ĉielo, tegmento de perfekta labirinto, kies masivaj muroj, iam gigantaj, por obligi la konfuzon ĝis infinito, ruze diseriĝis fariĝante senfina mondo sabla. Tie, ne konscia pri mia propra esenco homa, mi kuŝas por eterne kiel unu plia sablero, inter milionoj da sableroj. Ĝis, subite, la ĉielo vekiĝas, fermas sian fajran okulon, kaj dolora frido vekas min. Tiam, mi ne plu scias ĉu mi estas homo, kiu sonĝas ke li estas sablero, aŭ ĉu mi estas ja sablero, kiu sonĝas ke ĝi estas homo.

Mi estas...

ɓↄ ငʒ

Mi estas domo.

Mi estas obskura domo somnambule paŝanta sur la bordo de krutaĵo, de abismo senfina.

Mi estas domo loĝata de fantomo.

Mortanonco

⳼

Abdul Kamin estis iom stranga homo. Hodiaŭ, dum mi trarigardis la ĵurnalojn, serĉante la anoncon pri lia hieraŭa forpaso, mi ne povis eviti la penson ke, kvankam mi rigardis lin amiko, mi ne sciis multon pri lia vivo.

Vanis mia serĉo. Nenian spuron, nenian anoncon mi trovis. La gazetaro mutis, kvazaŭ li ne estus mortinta aŭ neniam li ekzistis.

Kurioze, jam de multaj jaroj, mi vidis lin fosi ĉiutage en la ĵurnalaj paĝoj dediĉitaj al mortanoncoj, kaj ĉi tasko, kiun li plenumis kun evidenta maltrankvilo, pikis mian scivolon. Tial, foje mi demandis lin kion li esperis trovi sur tiaj paĝoj. Li respondis:

— La anoncon de mia forpaso.

Du ombroj

ଚ୍ଚ ୟ

La sorto ridis al tiu obskura viro, kiam mi aliris lin sur dezerta kajo en nigra nokto decembra.

Deprimema kaj inklina al sinmortigo, li penis kolekti la kuraĝon necesan por fordoni sian karnon al la apatia malpura akvo de la haveno. Sed intervenis la fortuno, kaj lia sufero altiris, kvazaŭ magneto, mian turmentatan animon.

Mi ne povis konduti alimaniere. Do, konforme al mia naturo, mi savis lin de suicido per dek tri trafaj ponardopikoj.

Speguloj

La kvieta kaj obskura spegulo mara akceptis ŝian nudan korpon senurĝe, tre malrapide. Nur la nokta ĉielo, senluna kaj apatia, vidis ŝin ektremi, momente dubi antaŭ la lasta paŝo, dum ŝia buŝo sensis la salan kison de la maro...

Hejme, atendos ŝin por eterne la abomena monstro, kiu kruele ŝin turmentis en ĉiu spegulo.

Griza

ஐ ෬

Lia vivo estis griza, sennuance griza, same griza kiel la homoj kaj la kvartalo de la provinca urbeto kiu liveris pejzaĝon al lia unutona ekzisto.

Iam, meze de sonĝo griza, li havis buntan revelacion. Iluminita, li ekpaŝis sur mistikan vojon, en kiu lia korpo magriĝis pli kaj pli dum lian spiriton nutris senfinaj litanioj da grizaj preĝoj. Matenon, kiam la ardo de lia spirita febro kulminis, li sublimiĝis. Kaj tiel, turniĝinta en pian vaporon, oni vidis lin nirvane leviĝi al ĉielo pure blua, kie li ricevis formon de nubo... tamen griza.

Oni supozis

৪০০৫৪

Oni supozis ke li amas trajnojn, ĉar dum la lastaj monatoj oni vidis lin alveni ĉiuvespere, samhore, ĝis la taluso de la fervoja trako. Tie li atendis plurajn minutojn, ĝis, fine, muĝanta rapidtrajno sage preterpasis. Poste, kiel unu plia ombro de la pejzaĝo, li malaperis en la vespera krepusko.

Sed hieraŭ, post la forpaso de la trajno, eble ĉar la tago estis pli griza ol kutime, oni ne vidis lin foriri. Oni simple ne plu vidis lin.

La pordo

୫୦୦୫

Vane vi serĉos la murojn. Ne ekzistas muroj. Nur unu absurda pordo meze de nenio. Kaj, trans tiu pordo, virino por ĉiam enŝlosita.

Ne malfermu

80 03

Li frapis je la pordo. Ŝi ne malfermis. Ĉiuj ja konsilis tion.

Ade kaj ree, unu fojon kaj alian li frapis alvokante ŝin. Sed ŝi ne malfermis. Obstine li frapis, li vokis, li muĝis kiel vundita besto, petegis kun impeto kaj eĉ ploris. Ĝis...

Tio estis antaŭ kelkaj minutoj. Nun, trafita de nervo-krizo kaj banata de sango, ŝi kuŝas apud tranĉilo sur la planko de la kuirejo, dum li eskapas kiel kutime, tamen, ĉi-foje, plene konfuzita de la monotona plaŭ-dado de la remiloj de Karono.

Princino

℘ℭ

Princino naskiĝis en la sino de malriĉa kampara familio. Peko aldonenda al la origina peko, ĉar Princino estis...

Minora dio verŝajne deĵoris la tagon kiam la destino de Princino estis decidata: kruda, malklera, vulgaranima mondo kontraŭ milda karaktero, dolĉa rideto, delikataj gestoj kaj palaj vangoj, kiuj facile ruĝiĝis.

La tuta vilaĝo dronis en konfuzo, kaj la alnomo Princino uziĝis sponte, el pura neceso asimili ion novan, fremdan. Neniu sciis kiel reagi, eĉ ne la konsternitaj gepatroj. Kaj Princino maturiĝis atendante en sia imaga karcera turo la alvenon de liberiga princo, dum ekstere, tagon post tago, la nekompreno degeneris en malŝaton.

Bonŝance, iun vintran matenon la vilaĝo reakiris sian naturan trankvilon kiam Princino silente pasis de sia malfavora eta mondo al la anonimeco de granda urbo.

Sed Princino neniam havis fortunon de princino. Estis ja tro kruela destino fordoni sin pasie al kruda edziĝinta kamionisto, nur por kelkaj kaŝaj kaj sporadaj rendevuoj, perlabori sian ĉiutagan panon ĉe varieteo de duaranga kabaredo por reveni en la profunda nokto al frida hejmo en la sepa etaĝo de duonruina domo, rezigni ĉiujn siajn revojn por krei karikaturan familion apud drinkema parazito, kaj fine, kvindekjara jam kaj tute sola, serĉi neeblan amon ĉiunokte en la brakoj de nova viro.

Onidire, por ĉiu nokto ekzistas aŭroro. Sed tiu damna nokto ne havis finon. Ne aŭroris kaj pezaj larmoj ruliĝis sur la pala vizaĝo de Princino, kiu atendis la matenon side sur sia lito, apud nekonato profunde dormanta.

Tiam, eksonis frapoj je la fenestro. Tiel insistaj, obstinaj kaj perturbaj frapoj ke tute ne eblis ilin ignori.

Malfermiĝis la fenestro. Antaŭ la lacaj okuloj de Princino, aperis la fascina figuro de svelta viro, vera princo el la mil kaj unu noktoj, kiu ĉarme ridetis de sur fluganta tapiŝo.

—Saluton Princino—diris la viro kun fascina tono. —Ĉu vi konsentus veni kun mi?

Kaj, kun vangoj subite ruĝaj de feliĉo, Princino alpaŝis al la ŝvebanta tapiŝo, al la protektaj brakoj de sia fabelprinco.

Tagiĝas. Blinkas la lumoj de polica aŭto kaj, sur la trotuaro, ĉe la scivolaj rigardoj de hazardaj preterpasantoj, policano metas lankovrilon sur la rompitan korpon de kompatinda, ridinde ŝminkita viro.

Semo

৪০০৪

Subite, la trajno penetris tunelon. La verdo de la kamparo kaj la bluo de la vespera ĉielo cedis lokon al plej absoluta nigro, kaj mi trovis min antaŭ mia vizaĝo, spegulita de la fenestro-vitro. Mi aspektis iom triste. La aferoj ne iris glate lastatempe. Sara kaj mi... Nu, mi bezonis mediti. Jes, longe mediti.

La trajno forlasis la malhelon de la tunelo, sed mi ne sukcesis eskapi el la tenebro de miaj pensoj. "Kion ni faris el nia vivo, Sara?" mi ripetis en mi. "Kio okazis al ni? Mi amis vin tiom multe..."

Plene absorbita de ĉi pensoj, mi apenaŭ rimarkis kiam la trajno haltis. Krepuskis jam, kaj ni troviĝis meze de la kamparo.

—Sinjoro!—avertis min la kontrolisto.—Via stacio.

Neniu, krom mi, eniris aŭ forlasis la vagonaron. Sur eta kaj duonruina perono, sola signo de stacio, konturiĝis en soleco la figuro de kamparano. Oficisto de la poŝt-vagono transdonis al li leter-sakon, kaj, dum la trajno ekiris, ambaŭ interŝanĝis kelkajn vortojn. Poste li sin direktis al mi.

—Ĉu sinjoro Velán?—li diris krude sed kompleze.

—Jes, mi estas.

Li etendis al mi la manon por saluto.

—Saluton! Mi nomiĝas Tarón, kaj estas via gvidanto. Jen nia veturilo—li diris almontrante malnovan *Land Rover*.

Post tiu lakona sin-prezentado ni enaŭtiĝis kaj for-iris. Multajn minutojn ni vojaĝis en silento ĝis fine mi decidiĝis ekparoli.

—Kiom foras la vilaĝo?

—Ĉirkaŭ duonhoron. Ni unue aĉetos la nutraĵojn necesajn por la restado, kaj poste veturos al la gastejo kie vi tranoktos hodiaŭ. Ĉu bone?

—Nu, mi lasas ĉiujn fadenojn en via mano—mi diris, kaj li ridetis montrante certe ne modelan dentaron.

Post la butikumado ni forveturis de la vilaĝo al la gastejo, situanta kelkajn kilometrojn for. Noktis jam kiam ni alvenis. Antaŭ la pordo staris tri polic-aŭtoj. Ploranta virino eliris el unu, helpata de ĝendarmo, dum viro, verŝajne la edzo, adiaŭis grupon da solda-toj el la Alpa Regimento. Apude, instalitaj en speciala veturilo, videblis pluraj spur-hundoj.

—Ĉu problemoj?—mi demandis al mia gvidanto.

—Jes. Tiu paro. Ili serĉas sian filon. La knabo fuĝis el la hejmo, kaj, onidire, iu vidis lin ĉi-regione antaŭ kelkaj tagoj.

—Knaboj—mi murmuris.

—Nu, sinjoro, ni ekiros morgaŭ je la sepa. Bonan dormon!

Ĝuste je la sepa ni ekveturis. Post tri kvaronhoroj da pena grimpado sur stretaj tervojoj, ni atingis la kabanon. Ĝi estis eta kaj simpla, sed interne komforta kaj tre bone ekipita. Fakte ĝi bone komformis al la priskribo de la lu-agentejo. Nenia lukso, tamen ĉio necesa por 15-taga restado for de la ĉiutagaj aferoj. Kiam la gvidanto foriris, mi dismetis ĉion ĝustaloke: la nutraĵojn, la vestojn, la tualetan garnituron. Poste mi sidiĝis ekstere, ĉe la pordo, por iomete ripozi kaj spiri la freŝan aeron de la montaro. La etoso estis tiel paca ke mi endormiĝis.

Kutime, mi ne kapablas rememori miajn sonĝojn, sed, ĉi-foje, kiam miaj okuloj malfermiĝis al la post-tagmeza ĉielo, ankoraŭ freŝis en mia menso la bildo de domo. Temis pri ĉaledo, kies aĉeton mi rezignis antaŭ ne longe, konsiderinte la krizan situacion de miaj geedzaj rilatoj. Antaŭ la domo staris arbo, granda, impona, kaj apogita al ĝia trunko sidis Sara. Mi kuŝis sur la herbo kun la kapo sur ŝia sino. Ŝi ridetis kaj karesis min tenere. Neniam mi spertis similan feliĉon.

Tamen mi devis agordi min al la realo tute malsimila. Ŝajne ĉiuj niaj ligiloj disfadeniĝis kaj ne plu kapablis nin teni kune. Ve, se almenaŭ ni havus filon...! Nu, tro malfrue jam. Venis la momento alpreni decidon kaj meti finon al situacio ne plu eltenebla.

Frue en la posttagmezo mi decidis fari montaran promenon. Mi surmetis sport-veston. Temis pri flava, lila kaj oranĝa vesto, donaco de Sara, kiun mi abomenis kaj, kompreneble, neniam antaŭe uzis. Fakte mi ne scias kial mi elektis ĝin por ĉi okazo.

Elirante, altiris mian atenton ebur-tenila bastono apogita flanke de la pordo. "Jen praktika ilo" mi pensis. "Eble antaŭa okupanto de la domo forgesis ĝin tie, do...". Mi prenis ĝin kaj ekmarŝis.

Survoje proksimiĝis al mi granda hundo blanka. Temis pri paŝtista hundo kies mastro verŝajne ripozis en ne malproksima kabaneto. Komence mi ne tro fidis, kaj, konsekvence, agis singarde. Sed la besto, svingante sian voston, humile kliniĝis antaŭ mi por ricevi kareson. De tiu momento mi havis silentan akompananton.

Jam de du horoj ni promenis for de ajna loĝata loko, kiam subite mi aŭdis kriojn. Iu, ino aŭ infano, se juĝi laŭ la tembro de la voĉo, ŝajnis peti helpon. Mi klopodis lokalizi la devenon de la krioj, kaj kuris sur flanka pado kondukanta, tra eta arbaro, al apuda monteto. Tie, sur granda roko, staris knabo. Li situis dorse al mi kaj senespere kriis:

—Semisto, semisto! Venu! Mi bezonas vin!

Konstatinte ke neniu tuja danĝero minacas la knabon, mi proksimiĝis al li per normalaj paŝoj. Apenaŭ kelkaj metroj kuŝis inter ni, kiam li turniĝis.

—Vi... vi venis...—li balbutis nekredeme, dum liaj okuloj ekbrilis.

—Nu, jes, mi venis—mi diris iom konfuzita.—Ĉu vi perdiĝis?

—Ho, ne, tute ne. Mi bone scias kie mi troviĝas.

—Tamen vi solas.

Lia respondo venis en formo de rideto.

—Ĉu vi petis permeson? Vi estas tre juna por vagadi sola en ĉi regiono. Vi povus renkonti vulpon aŭ, eĉ pli malbone, lupojn. Kiom vi aĝas?

—Dek unu.

Tiam alvenis al mia memoro la bildo pri tio okazinta antaŭ la gastejo la antaŭan nokton. Klopodante do ne fortimigi lin, mi plu enketis:

—Kaj vi venis sen permeso, ĉu?

—Jes, eĉ mia fratino ne scias ke mi venis. Mi serĉis vin de antaŭ kvar tagoj. Sed tio ne plu gravas, ĉar finfine vi venis. Kvankam...

—Kvankam...?

—Via vesto estas lila, oranĝa kaj flava, sed ĝi ne similas veston de arlekeno.

—Mi ne tro certas pri tio—mi flustris tradente.

—Kaj vi ne portas tintiletojn ĉirkaŭ la kolo...

"Nur tio mankus al mi" mi pensis.

—Tamen vi portas la bastonon kun ebura tenilo, kaj la blanka hundo akompanas vin—li aldonis, kaj lia mieno radiis de feliĉo, kvazaŭ ĉi faktoj estus por li la plej grava afero en la mondo.

—Ĉu vi soifas?—li demandis.

—Ho, jes, certe.

—Jen havu mian akvon. Paĉjo diris ke vi tre ŝatas akvon.

—Aha, via patro konas min—mi diris, vidante en ĉi fakto la fadenon, kiu povos konduki al la bobeno.

—Kompreneble. Vi donis al li la semon.

—La semon—mi ripetis iom stulte kaj absolute konfuzita.—Kaj kiam okazis tio?

—Antaŭ longe. Tiam mi estis ankoraŭ en la ventro de panjo.

Du aferoj evidentis: la infano prenis min por alia, kaj ju pli li parolis, des malpli mi komprenis. Do, mi decidis meti ordon en lia galimatio.

—Nu, kiel vi nomiĝas?

—Niko, sinjoro.

—Nu, Niko, ni sidiĝos nun, kaj vi trankvile rakontos al mi ĉion de la komenco. Ĉu bone?

Ni elektis lokon sub la ombro de granda kverko, fronte al la blua ĉielo posttagmeza. Kaj la knabo ekrakontis.

— Paĉjo kaj panjo kampadis kun grupo de amikoj ĉe la piedo de ĉi montaro. Ili multe amis unu la alian, kvankam ili ankoraŭ ne estis geedzoj.

— Ĝis nun ĉio kongruas — mi ŝercis per humoro tutcerte fremda al la knabo. — Daŭrigu do.

— Iam, dum komuna promeno, ili tro distanciĝis de la grupo kaj perdiĝis. Longe ili klopodis trovi siajn kompanojn, aŭ la vojon por reveni al la kampadejo. Ĉio vanis. Lacaj kaj maltrankvilaj ili sidiĝis por ripozi kaj pripensi. Tiam, sur apuda pado, aperis homo kun blanka hundo.

Ĉi lastan frazon li diris, karesante la korpegon de mia hazarda kaj silentema akompananto, nun tenere apoganta sian kapon sur la kruroj de la knabo.

— La homo paŝis al ili apogante sin sur ebur-tenila bastono. Paĉjo diras ke li similis arlekenon, ĉar li portis veston flavan, lilan kaj oranĝan, kun tintiletoj ĉirkaŭ la kolo.

Estis eta paŭzo post kiu, levante siajn okulojn al mi, li aplombe diris:

— Li estis vi.

— Li estis mi — mi eĥis maŝine.

—Jes! Ili volis peti vian helpon, sed subite, en la daŭro de palpebrumo, vi malaperis kaj panjo ekrimarkis vin sur alia pado, situanta multajn metrojn for. Miaj gepatroj multe konfuziĝis, ĉar inter ambaŭ lokoj estis tre profunda ravino! Do ili pensis ke eble ili havis halucinon. Kiel stultaj, ĉu ne?

—Ho jes, tre stultaj—mi pravigis lin, nur por teni lian fidon.

—Kompreneble, ĉar vi estis la sola homo videbla, ili plu aliris vin. Kaj, jen, denove okazis... vi subite malaperis kaj reaperis aliloke, pli diste. Kiel amuze, ĉu?

—Jes, jes, amuzege. Mi vanuis kaj... hop! aperis aliloke—mi plu komplicis.

—Tion vi faris plurfoje, kaj, ĝuste kiam ili jam rezignis kaj desupris alvale en erara direkto, ili renkontis vin en ĝirejo, vidalvide.

—Kaj...

—Vi petis akvon kaj indikis al ili la ĝustan vojon.

El lia maniero eldiri la frazon mi konjektis, ke, per ĝi, li metis finon al sia rakonto. Do mi diris kun tono invitanta al daŭrigado:

—Kaj la semo...

—Nu, vi jam scias, vi gratulis panjon, ĉar ŝi estis graveda kaj ricevos infanon - tiu estis mi—li fieris.

—Paĉjo multe surpriziĝis, ĉar panjo tenis la aferon tiel sekrete ke eĉ al li ŝi nenion diris. Poste, ĉe la adiaŭo, vi donacis al ili la semon.

Denove lia lasta frazo metis finon al la rakonto, kaj mi devis elpensi ne kompromitan demandon:

—Ĉu ili semis ĝin?

—Kompreneble, ili faris ĉion laŭ via indiko. Ili semis ĝin ĉe la pordo de la domo, kiun ili aĉetis post la geedziĝo.

—Sed eble la semo...

—Ho, ne, la arbo kreskis tre, tre rapide. Kaj danke al ĝia protekto ni estis tre feliĉaj.

"La Arbo de la Feliĉo! Nu, belaj rakontoj el trans la montoj" mi pensis, sed kompreneme demandis:

—Kiu rakontis al vi ĉi historion?

—Miaj gepatroj, kompreneble. Ili multfoje rakontis ĝin al mi, kiam mi estis infano.

—Nu, kial do, se ĉio iris glate, vi deziras tiel urĝe paroli kun mi?

Subite, lia dolĉa vizaĝo aspektis ŝtale. Ŝajnis kvazaŭ lia mieno ne volus respeguli la tajdon el sentoj, kiuj bolis en lia infana koro. Ĉio vane, ĉar eta larmo perfidis lin.

—Oni nomumis paĉjon direktoro de filio en apuda urbo, kaj ni devis vendi la domon.

Nun lia voĉo sonis rompita. El liaj okuloj gvatis profunda tristo.

—De tiam ĉio iras malbone. Miaj gepatroj ĉiam kverelas, kaj ne plu interesiĝas pri mi kaj mia fratino.

—Aha, mi komprenas. Sed...

—Mi petis paĉjon rezigni sian novan postenon kaj reiri al nia malnova hejmo, apud la arbo. Sed li diris ke tio ne plu eblas ĉar, sur la loko de nia antaŭa domo, staras nun granda magazeno.

Silento. Profunda silento.

—Ili divorcos.

Mi pensis pri Sara, pri mi. Infanojn. Se ni havus infanojn...

—Kion do mi povas fari?—mi demandis kun la senespero de homo nekapabla solvi siajn proprajn problemojn.

—Donu al mi alian semon. Mi semos ĝin ĉe la pordo de nia domo. Mi flegos ĝin. Bonvolu...!

Kion diri, kion fari, kiel klarigi al dekunujara knabo ke foje amo forvelkas, estingiĝas. Hodiaŭ jes. Morgaŭ ne plu.

—Sed eble viaj gepatroj ne...

—Bonvolu! Helpu nin!

Ĉu helpi? Ĉu mi? Nu, kiel diri al li la veron? Kiel klarigi al li ke eĉ mian propran geedzan vivon mi ne kapablas savi? Kiel damne murdi lian iluzion dirante ke la Arbo de la Feliĉo estas nur kruela blago, simpla rakonto por infanoj, pura fantazio?

— Bonvolu! Miaj gepatroj bezonas helpon, nur etan helpon. Alian semon.

Sub la streĉo kaŭzita de la senpovo, mia dekstra mano, ĝis tiam apogita sur la herbo, pugniĝis trenante al sia eno iom da tero kune kun pluraj herbetoj kaj - eta semo.

Jes, sur mia polmo, kuŝis eta semo. Kaj mi sentis ke unu plian fojon, la kioman en ĉi stranga renkonto? — mi estas instrumento de la sorto, de la destino aŭ la hazardo.

— Jen, prenu ĝin — mi diris etendante la manon al li.

— Sed mi metas unu kondiĉon.

— Jes...!

— Ne vi, sed viaj gepatroj devas kune ĝin semi. Ĉu konsentite?

Multajn fojojn li turniĝis por adiaŭi min antaŭ ol malaperi en la lontano, eta kiel dekunujara infano, giganta kiel uragano el feliĉo kaj amo.

Mi ne scias kiom longe mi staris en silento. Mi ne scias, ĉu mi meditis pri ĉio ĵus okazinta, aŭ ĉu, dum eterna sekundo, mi vagis for el mi mem, ravita de la magia momento kaj de la montaro.

Neatendita bojo rekondukis min al la realo.

—Aha, blanĉjo, tempas jam reveni hejmen, ĉu?— mi diris, karesante la kapon de mia hazarda kunpromenanto.

—Nu, bone. Atendu momenton. Malofte la vivo regalas nin per dua ŝanco.

Kaj tion dirinte, mi kliniĝis kaj plukis alian semon.

Jen la listo de esperantaj kamaradoj al kiuj mi
dediĉas la indikitajn mikronovelojn

Abel Montagut — Kien vi iras, Utnoa?

Ana Manero — Ana

Antonio Marco — Dioj

Antonio Valén — Facilaj taskoj

Augusto Casquero — Natura sekvo

David Galadí — Ne ekzistas verdaj steloj

Floréal Martorell — Pomo, pomo

Gian Carlo Fighiera — Joĉjo

Giulio Cappa — Mi havis biciklon

Gonçalo Neves - Mineplu'

Hèctor Alòs — Tiranio

Herbert Mayer - Turnopunkto

István Ertl - Tezeo

Jorge Camacho — La kalkulanto

Josemari Sarasua - Kolektantoj

Judita Rey — La pordo

Manolo Parra — Pafoj

Mao Zifu - Pasero

Marcos Cruz — Mi sonĝas

Miguel Ángel Sancho — Batos novaj horoj

Miguel Fernández — Tiaj poetoj

Miguel kaj Carmen — La domo

Pedro Ullate — Infano kaj fiŝo

Ricardo Albert Reyna — La malsama infano

Riitta Hämäläinen — La valizo

Sten Johansson — Godabuk

Toño del Barrio — Generkapablo

Trevor Steele — Elmigrado

Aper-mencioj:

"Ne ekzistas verdaj steloj", "Infano kaj fiŝo", "Godabuk" kaj "Mineplu'" aperis en *Beletra Almanako* n-ro 4.

"Kolektantoj" aperis en *La Ondo de Esperanto*, 2005, n-ro 10 kaj en la libro *Samideanoj* eldonita de Sezonoj en 2006.

"Semo" estis premiita en la Belartaj Konkursoj de UEA, 1993 kaj ĝi aperis samjare en *Fonto* n-ro 152.

Enhavo